孙子兵法

第三十六册

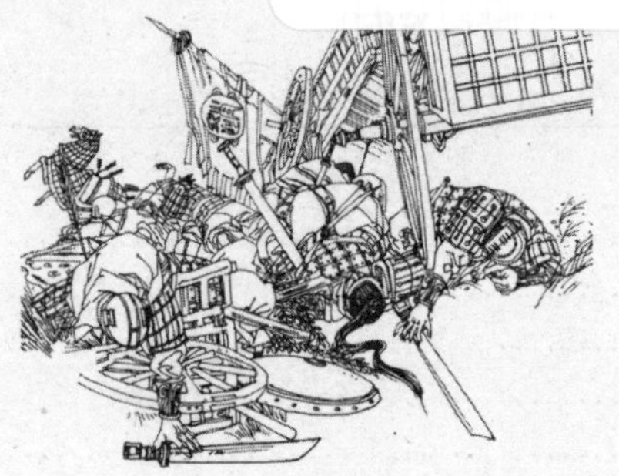

上海人民美術出版社
浙江人民美术出版社

目 录

九地篇 · 第三十六册

项羽破釜沉舟战钜鹿 …… 1
强秦威加于敌并弱齐 …… 27
赫连勃勃凿凌埋车拒追敌 …… 51
李愬雪夜破蔡州 …… 71
田单诱敌懈怠获奇胜 …… 105

战 例

项羽破釜沉舟战钜鹿

编文：万莹华

绘画：邹越非 钟 可

原　文　聚三军之众，投之于险，此谓将军之事也。

译　文　聚集全军，置于险境，这就是统率军队的要务。

1. 秦二世元年（公元前209年）七月，陈胜、吴广在大泽乡起义，建立“张楚”农民政权。原被秦所灭的各诸侯国也纷纷响应，拥兵割地。九月，吴广的部将周文率军攻至咸阳（今陕西咸阳东北）附近，威胁秦国统治的心脏。

2. 秦二世闻报大惊，下令赦免骊山刑徒，发给武器，由大将章邯率领苏角、王离、涉间诸将东击起义军及各反叛诸侯。

3．章邯骁勇，善用兵，屡战屡胜，秦二世二年（公元前208年）闰九月，又破邯郸，围赵王歇于钜鹿（今河北平乡西南）。赵王派人向楚求救。

4. 此时陈胜已死，原楚将项燕的后裔项梁于数月前立楚怀王的孙子熊心为王，仍称楚怀王。项梁战死，楚怀王迁都彭城（今江苏徐州），实力仍很雄厚。

5. 楚怀王派宋义为上将军，项梁的侄儿项羽为次将，范增为末将，率各骑兵马救赵抗秦。

6. 公元前207年冬，宋义率军至安阳（今河南安阳西南）按兵不动，滞留四十六天之久。他的策略是先让秦赵相斗，待秦军力疲之后再出兵攻打，坐收渔人之利。

7. 救兵如救火，次将项羽主张立即渡过漳河北上抗秦，“楚击其外，赵应其内”，一鼓作气，打败秦军。

8. 宋义仍不同意，并且自负地说："冲锋陷阵，我不如你；运筹帷幄，你就不如我了。"

9. 项羽还想再争，宋义挥手下令："如有人轻举妄动、不服从命令者，一律斩首！"

10. 他不仅不出兵，反而亲自到无盐城（今山东东平东南）大宴宾客，送他的儿子去齐国为相，以扩大其势力。

11. 时值严冬，天寒大雨，士卒于野外扎营，又冻又饿，处境艰苦，怨言很多。

12. 项羽见此情状，与亲信将领商议。项羽认为：秦赵相争，秦强而赵弱，秦如战胜，则更强大，对楚是不利的。不能这样拖延等待下去，决心开始行动。

13. 第二天一早，项羽向上将军宋义提出了自己的看法。宋义还是不听项羽的话，项羽在将领们的支持下，将宋义杀死。

14．项羽告示军中："宋义与齐勾结反楚，楚王命我杀了他。"诸将皆慑服，楚怀王封项羽为上将军，统领全军。

15. 项羽统军，即派勇将英布和蒲将军率二万人为前锋，渡河切断秦军运粮的通道。

16. 英布和蒲将军奋勇杀敌，截断秦军粮道，但未能解钜鹿之危。赵大将陈馀又派人求救。

17．项羽亲自率领全军渡过漳河，到了北岸，突然下令，将渡船全部凿沉。诸将不解，但见项羽脸色严厉，不敢多问。

18. 项羽又下令准备三日干粮，然后将饭锅全部打碎，房屋也一起烧掉。诸将终于明白上将军是下了非胜即死的决心，莫不勇气倍增踊跃待命。

19. 楚军未到之前，诸侯军队已有不少来到钜鹿城郊，但都犹豫观望，害怕秦军的勇猛，不敢交锋。

20. 楚军一到，立即投入战斗，呼声震天，无不以一当十，勇猛杀敌，九战九捷，打得秦军弃甲丢盔，望风而逃。

21. 项羽乘胜进军，章邯的部将苏角被杀，王离被俘。涉间被围，不肯投降，自焚而亡，章邯大败而逃。

22. 这一仗打出了楚军的威风。战后，项羽召见各诸侯将领，诸将无不膝行而前，不敢仰视。项羽从此担任了各诸侯国的上将军，挥军直奔秦都咸阳。

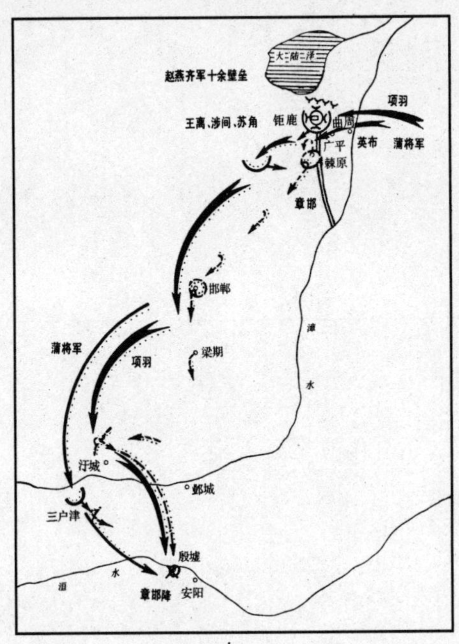
大陆泽
赵燕齐军十余壁垒
项羽
王离、涉间、苏角
钜鹿
曲周
英布
蒲将军
广平
棘原
章邯
邯郸
漳
水
蒲将军
项羽
梁期
汙城
邺城
三户津
殷墟
洹
水
章邯降
安阳

钜鹿之战示意图

孙 子 兵 法

SUN ZI BING FA

战 例

强秦威加于敌并弱齐

编文：万莹华

绘画：陈运星 汪 洋
达 海 路 遥

原　文　信己之私，威加于敌，故其城可拔，其国可隳。

译　文　只要伸展自己的战略意图，把威力加在敌人头上，就可以拔取敌人的城邑，毁灭敌人的国都。

1．周赧王三十一年（公元前284年），秦与燕、魏、赵、韩、楚五国联合，打败了中原的强国齐。齐后来虽由田单复国，齐襄王继位，但国势却日趋衰败。

2. 而秦国却不断扩张，于周赧王三十六年（公元前279年）大举攻楚。第二年攻取楚国都城，夺得大片土地，成为战国时最强的诸侯国。

3. 周赧王五十年（公元前265年），齐王田建继位。田建年少，朝政大事均由君王后决定。君王后志在苟安，认为只要事事恭顺秦国，就可偏安一隅，因而对秦处处小心，不敢越雷池一步。

4. 周赧王五十五年（公元前260年），秦国为了打击赵国，挑起了长平之战。齐赵虽曾订有合纵抗秦的盟约，但齐国却不敢发兵助赵。

5. 赵国缺粮，派使者到齐国求援。齐王田建怕得罪秦国，拒不答应。谋臣周子谏道："赵国是齐楚的屏障，今日赵亡，明日必患及齐楚。"但仍未被采纳。

6. 长平一战，赵国损兵四十余万。当时唯一能与秦国抗衡的赵国自此一蹶不振。

7．君王后去世后，由后胜任相国。后胜贪小利，不顾大局，暗地收受秦国贿赂，劝说齐王撤离合纵，事奉秦国，不修攻战之备，不助五国攻秦。

8. 田建原就惧怕秦国的威势，就同意了后胜的建议，一味恭顺秦国。

9. 于是，各诸侯国的力量日益薄弱。秦国鉴于各国的结盟已经破裂，就进一步伸展自己的战略意图，发挥军事威力，破燕吞韩，一举灭魏。

10. 邻国相继灭亡，齐王田建并未引以为鉴，不去加强自己的国力；相反，在秦国每灭一国后，齐国都派使入秦道贺。

11. 齐国使臣屡次诣秦虔诚祝贺，秦王都热情接待，并不惜重金厚赠齐国使臣。

12. 使者回齐，满口称颂秦王。田建还自以为得计，只顾享乐，不事战备。

13. 秦王政二十五年（公元前222年）。秦派将军王贲率军进攻辽东燕国余部。燕军战败，燕王喜被俘。

14. 王贲随即回军攻代，灭了代国。至此五国彻底灭亡。

15. 秦国大军旦夕可至，齐国的灭亡已是势所必然。

16. 齐王田建这才慌乱起来，急召群臣殿议，众大臣议论纷纷，莫衷一是。有人提出与其坐以待毙，不如主动出击。话虽如此，然为时已晚，于事无补。

17. 田建一面宣布与秦国断交，一面征集素无训练的乌合之众护守西部边境。

18．秦王政二十六年（公元前221年），秦军避实就虚，从齐国北部直捣齐都临淄（今山东淄博东北）。几十万秦兵摧枯拉朽，如入无人之境。

19. 齐王田建束手无策，只得听从后胜的最后一计——“不战以兵降秦”。秦国不费一兵一卒灭了齐国，尽得七十余城。

20. 秦王下令："难为田建向来顺服，可免他死罪，迁往共城（今河南辉县）居住。"王贲当即派兵把齐王田建和他的后妃宫人押往共城。

21. 后胜自以为有功，可以得封。只听王贲大声说道：“大王有令，后胜奸佞之徒，就地斩首，以戒后人！”士兵当即将瘫倒在地的后胜拖出处决。

22. 齐王田建住在共城城郊几间阴暗潮湿的茅屋里，缺衣少食。不久，齐王田建与王后双双亡故，随从纷纷散去。惧敌而又媚敌的齐国就此彻底灭亡。

战例

赫连勃勃凿凌埋车拒追敌

编文：甘礼乐 刘辉良

绘画：戴红杰 戴红俏 华剑红

原　文　投之亡地然后存；陷之死地然后生。夫众陷于害，然后能为胜败。

译　文　把士卒投入危地，才能转危为安；陷士卒于死地，才能转死为生。军队陷入危境，然后才能夺取胜利。

1．匈奴豪酋赫连勃勃，原是十六国时期后秦国君姚兴的部属，公元407年拥兵自立，称大夏天王、大单于，国号“夏”。

2．赫连勃勃身材魁伟，仪表俊美，生性残暴而治军极严，且深知谋略，作战常操胜券。

3. 立国当年十月，夏王赫连勃勃派遣特使，向南凉国君秃发傉檀（鲜卑族）请求通婚，遭傉檀拒绝。

4. 赫连勃勃大怒，立动干戈，于十一月间亲率精骑二万进攻南凉。

5. 军抵凉境，从杨非（今甘肃永登西）到支阳（今甘肃永登南）三百多里，纵横驱掠，杀伤民众万余，掳获二万七千多人口和数十万头牛羊马，满载而归。

6．凉主秃发傉檀领兵追赶，部将焦朗奏道：“赫连勃勃天姿雄健，治军严整，不可小看。我军不如避其锋芒，从温围（今甘肃皋兰附近）北渡，取道万斛堆（今甘肃皋兰东北），堵河扎营，扼住要道，方是百战百胜之术。”

7. 另一大将军贺连怒冲冲反对说："勃勃的兵马，全是乌合之众，败将残兵，何必示弱避他？我兵多气锐，宜速追击。"

8. 双方争执不下，秃发傉檀断然道：“我追计已决，敢谏者斩！”当下催兵前进。

9. 赫连勃勃探知傉檀率众追来，选择在阳武下峡与南凉决战。

10. 他清醒地看到，自己这支队伍如今已是牛羊塞路、财货山积，难以督励士众抗击追兵。唯有采用“置之死地而后生”一法，方能迫使人人拼命。

11. 于是，他下令凿破峡中积冰，使部下无法越冰跨峡而走；同时把所有辎重车辆塞住通道，封死退路。这样，士兵只能勇往直前杀敌，才有生路。

12. 果然，傉檀带领南凉兵追到，夏军已是后无退路，只好拼命冲杀，迎击追敌。

13. 赫连勃勃一马当先亲自来战秃发傉檀。傉檀布置善射士卒密集阵前，发箭如雨。

14．赫连勃勃左臂中箭，仍不顾一切挥师冲锋陷阵。夏兵本来思归心切，加之后无退路，当然个个拼命，一往无前。

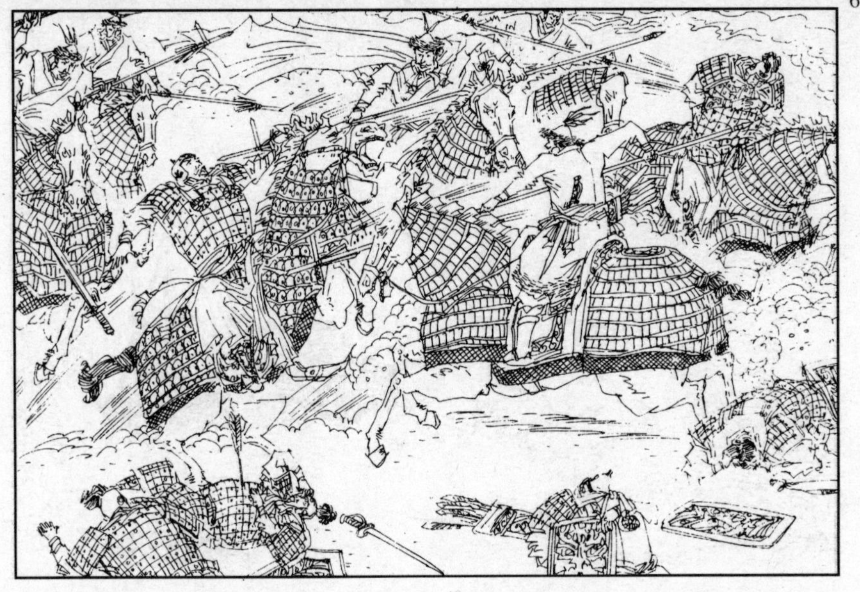

15. 南凉兵大败而逃，夏军追奔八十余里，杀伤万计。傉檀手下名臣勇将，死者十之六七。

16. 秃发傉檀本人只剩数骑相随，逃奔南山，几乎被追来的夏兵抓去。幸好追兵不多，才狼狈逃出。

17．赫连勃勃令士兵打扫战场，把敌兵尸体聚积一起，堆土封没，称为“髑髅台”，以记战功。

18. 然后清理通道，趁下峡重又封冻，率众踏冰跨峡，满载缴获归返岭北。

战 例

李愬雪夜破蔡州

编文：余中兮

绘画：池沙鸿 艺 群

原　文　为兵之事，在于顺详敌之意，并敌一向，千里杀将，是谓巧能成事者也。

译　文　指导战争这种事，在于谨慎地考察敌人的战略意图，集中兵力于主攻方向，千里奔袭，斩杀其将，这就是所谓巧妙用兵实现克敌制胜的目的。

1. 唐宪宗元和十一年（公元816年）冬，太子詹事李愬受命为随、邓、唐节度使，前往淮西，指挥平定吴元济叛乱的西线官军。在此之前，占据蔡州的吴元济已连败两任西线官军将帅。

2. 李愬于元和十二年春到任后，先后采取了抚养士卒、拔除敌巢外围据点、善待敌俘降将等一系列措施，使官军士气上升、军心稳固，在不断削弱叛军实力的同时，壮大了自身的力量。

3. 三月，李光颜指挥的北线官军首先向叛军发起了攻势，并且打了几个胜仗。吴元济的注意力完全被吸引过去。

4．李愬得悉后，认为有隙可乘，当即召来李祐等人商讨行动方案。李祐原是吴元济的骁将，被俘后归降李愬，受到厚待，因而时刻想着立功图报。

5. 李祐建议：“蔡州的精兵都集中在北线的洄曲（今河南漯河北）及四面边境，留守蔡州城的尽是些老弱残兵。我们正可乘虚而入袭取蔡州，擒获吴元济。”

6. 李祐这番话既分析了敌情，又提出了行动方案。李愬认为很有道理，袭蔡计划就定了下来。为防泄密，李愬对属下将士只字未提。

7．元和十二年（公元817年）十月十五日，风雪交加。李愬突然召集全体将士，发布了进军的命令：李祐、李忠义率三千人为先锋，李愬自领三千人为中军，部将李进诚率三千人为后军。

8. 全军从驻地文城栅（今河南遂平西南）秘密出发。诸将问李愬向何处进军，李愬道：“各位无须多言，只管向东行进就是。”

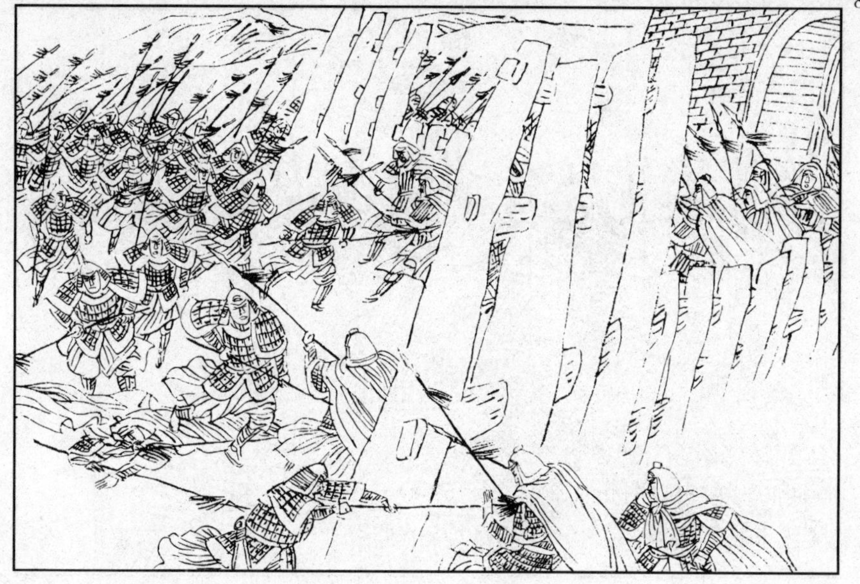

9. 部队向东急行，夜间到达张柴村（今河南汝南西），突然袭击并歼灭了该村守军和通报紧急情况的烽火兵。

10. 李愬命令将士稍事休息。然后留下五百人镇守该村，以截断朗山（今河南确山西北）方向的救兵并截断桥梁，以防洄曲方面的叛军回救蔡州城。

11. 李愬自率主力连夜继续向东疾进。部将再次问他前往何处，李愬这才宣布：“到蔡州去捉吴元济。”

12. 诸将一听，全都大惊失色。军中有个朝廷派来的监军以为送死无疑，便哭道：“果然中了李祐的奸计！”

13. 李愬对这一切全然置之不顾，只是催令全军快走！

14. 这时夜已渐深，寒风劲吹，大雪满天飞舞，旗帜冻硬后被风撕裂，沿途不断有人马冻毙。

15. 从张柴村往东的道路，官军未曾走过，这更增加了行军的艰难。大多数人自料这次不是冻死就是战死，要想生还已不大可能，然而慑于李愬的威严，却没一人胆敢违令行事。雪，愈下愈大了。

16. 好不容易望见蔡州城，夜已过半了。城外有一片鹅鸭池塘，李愬令人将鹅鸭打得嘎嘎乱叫，用以混淆队伍行进时发出的声响。

17. 军至城下，恰好天交四鼓，所幸未被任何人发现。李祐和李忠义最先爬入城墙内，敢死队员也紧跟而上。

18. 先进去的人把酣睡中的守门士卒全部杀死，而留下敲更的，命令他们像平时一样继续敲更。然后打开城门让大部队进入。及至里城，也采取同样的办法。蔡州城中没有一个人发觉官军已经攻入。

19. 鸡鸣报晓，大雪亦止。李愬带人进占了吴元济居住的外宅。直到这时，方才有人发现官军袭来，急忙赶入内宅向吴元济报告。

20. 吴元济还睡在被窝里，听完报告笑道：“这定是那些被俘的唐军在作乱，待天亮后把他们统统杀死！”

21. 哪知前面报信的人刚走，后面报信的人又来了。吴元济听说城已失陷还不相信，自信地说："这一定是守洄曲的士兵回来取冬衣了。"边说边穿衣起身。

22. 吴元济来到院子里，忽然听到唐军将士传呼号令的声音，响应者竟有近万人。

23. 吴元济这才相信官军攻进了城，于是匆忙带人登上牙城进行抵抗。

24. 李愬下令将吴元济所在的牙城紧紧包围起来，随即展开攻城战斗。

25．官军将士在南门实施火攻。蔡州百姓对吴元济恨之入骨，此时争扛柴草，踊跃相助。李愬军向城上射去的箭多如猬毛。

26. 南门被烧坏，吴元济料想再作抵抗也是枉然，只得在城上俯首请罪，自愿归降。

27．李愬命人取来梯子，让吴元济下城。次日，用囚车把他押往京城处治。

28. 吴元济登上牙城进行抵抗之际，李愬就说："吴元济是在指望他的洄曲守将董重质引兵回救。"于是他派人找到了董重质留在蔡州的家属，对他们厚加安抚，然后让董重质的儿子带上李愬的亲笔信驰往洄曲。

29. 董重质受到李愬的感召，单骑来降。到李愬把吴元济押送京师那天，申州（今河南信阳）、光州（今河南潢州）和其他各镇的两万多叛军也相继来降。

30．就这样，李愬顺利地结束了历时四年的平蔡战争。由于他出色的军事指挥能力，唐宪宗下诏晋升李愬为山南东道节度使，赐爵凉国公。

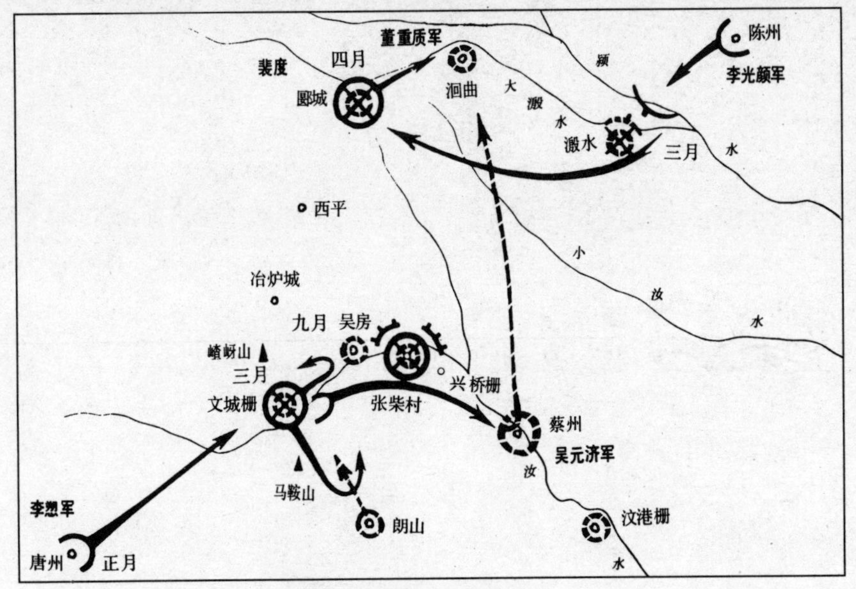
董重质军
四月
裴度
郾城
洄曲
大
溵
水
颍
陈州
李光颜军
溵水
三月
水
西平
小
汝
水
冶炉城
九月
吴房
嵖岈山
三月
兴桥栅
文城栅
张柴村
蔡州
吴元济军
汝
马鞍山
李愬军
朗山
汶港栅
水
唐州
正月

李愬袭蔡州作战示意图

战 例

田单诱敌懈怠获奇胜

编文：万莹华

绘画：盛元龙 励 钊

原　文　始如处女，敌人开户；后如脱兔，敌不及拒。

译　文　战争开始之前要像处女那样沉静，诱使敌人松懈戒备，暴露弱点；战争展开之后，要像脱逃的野兔一样迅速行动，使敌人措手不及，无暇抵抗。

1．战国周赧王三十一年（公元前284年），燕国昭王联络了赵、楚、秦、韩、魏等国，派大将乐毅统率诸国联军进攻齐国，先后攻下齐国七十多座城池。齐国都城临淄亦被攻陷。

2. 齐国只剩莒（今山东莒县）和即墨（今山东平度东南）两地未被攻破。齐湣王被迫逃到莒地。

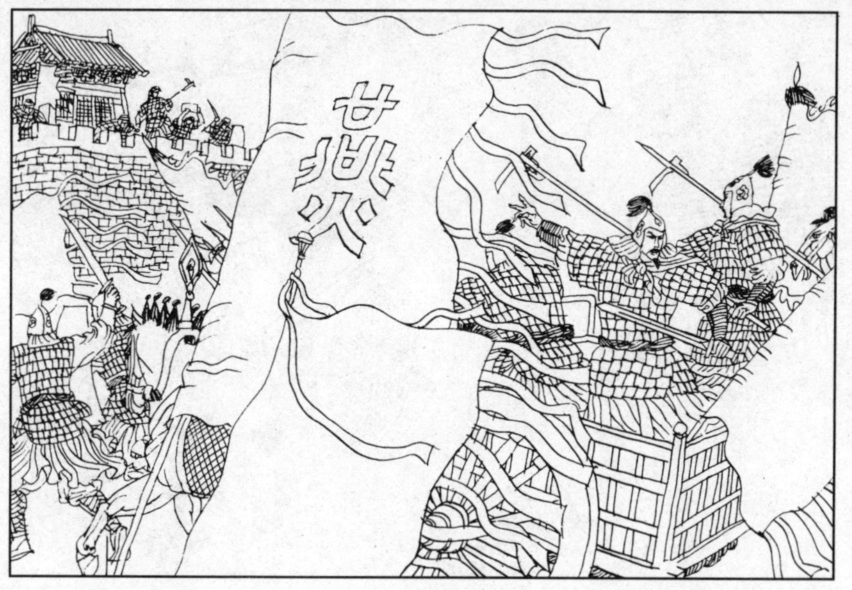

3. 这时，赵、楚、秦、韩、魏等国已先后撤军回国，只留乐毅率燕军攻打即墨。

4. 守卫即墨的大夫领兵迎战，被燕军击败杀死。

5. 即墨城中十分紧张，公推田单为大将。田单是齐国宗室，曾任临淄小官市掾，有作战经验。他就接受了守城的重任。

6. 田单跟士兵同甘共苦，还把本族人和自己的家属都编在军队里，同样严格训练。即墨人都很敬佩他，士气日益高涨。

7. 乐毅派军将即墨城团团围住，采用了许多办法攻城，始终攻不进去，于是就采取攻心战术：下令退兵十里，准许即墨百姓出城打柴；善待俘虏……期待这座孤城投降。

8. 这样包围了三年，燕军既没有攻进即墨，即墨也没有开城投降。相反，田单率领的军队却充分做好了反攻的准备。

9. 公元前279年，燕昭王逝世，惠王继位。由于惠王在做太子时对乐毅就有不满，而且对三年时间攻不下小小的即墨亦有怀疑。田单便乘机派人入燕散布流言："乐毅与燕惠王有宿怨，不敢归国，想控制军队在齐国为王……"

10. 燕惠王在田单的离间之下，便想派骑劫去代替乐毅。于是田单又赶快派人到燕国散布："乐毅已退军十多里，让即墨人自由出入。如果燕国另派主将，即墨指日可下。"

11. 燕惠王听到流言，又从前方回来的将士口中得到证实，就信以为真。他立即派骑劫前往即墨，接替乐毅的职务。乐毅知道自己不被信任，就投奔赵国去了。

12．骑劫完全改变了乐毅的治兵方法：首先下令进军十里，紧紧围住即墨，不准齐人任意出城，接着就进攻即墨城。由于齐国军民顽强抵抗，仍未攻下。

13. 田单为了诱使燕军施行残暴行为以激励齐军士气，再次派间谍向燕军散布谣言说：“如果燕军割去齐军俘虏的鼻子，并让他们走在军前攻击齐军，即墨肯定被攻破。”骑劫果然中计，下令将俘虏的鼻子割去。

14. 田单的间谍还散布：“齐军最怕燕军挖掘城外的坟墓，侮辱齐国士兵的祖先。”而骑劫又上当受骗，下令：“挖掘坟墓，焚烧尸骨。”燕军士兵虽然照命令执行，但大多极为反感。

15．即墨城守城的将士目睹燕军割鼻子、挖祖坟等残暴行为，人人义愤填膺，要求早日出战，宁愿战死也决不投降。

16. 田单冷静地观察了几天，认为反攻条件已经成熟。即派出一支人马，装扮成即墨富翁，出城投降。

17. 骑劫接见了这批“富翁”，进行审问。这些“富翁”说：“即墨城中粮食已尽，田单只有投降一条路了，希望燕军进城后能保全我们这些人的家属财产。”

18. “富翁”们见骑劫面露喜色，遂叫人抬上许多黄金和其他礼物。骑劫大喜，欣然答应了“富翁”的要求。

19. 骑劫和燕军的一些将领本来就见即墨守城的都是些老弱之兵，中间还杂有妇女，如今又有富户来降，知道即墨确已守不住了。于是就欢饮庆贺，专等田单投降。

20. 这天夜间，田单命人在一千多头牛身上披上五彩缤纷的被单，牛角上扎上锋利的尖刀，牛尾上扎上浸透油脂的苇束……

21．另派即墨百姓携带铜盆铜锅分布在四周城楼待命。

22. 又派五千名精锐士兵作为“敢死队”，脸上涂着油彩，手持刀斧，跟在牛群后面。

23. 深夜，即墨城一片寂静。五千精锐悄悄从预先凿通的数十个城墙洞中出去，向燕军军营靠近。

24. 突然一声号炮响，全城四周立即响起了铜锣和喊杀声。

25. 与此同时，点燃牛尾的牛群向燕营狂奔猛冲，燕军奔逃不及，非死即伤。

26. 五千名精锐士兵紧跟牛后猛力冲杀，燕军不知是神是人，惊慌失措，被杀无数。

27. 睡梦中的骑劫等将领被锣声、喊杀声惊醒，还来不及弄清是怎么回事，已被齐兵杀死。

28. 燕军失去将领，全面溃败，慌不择路，各自奔逃。

29. 天明后，田单整顿人马，乘胜追击。

30. 不久，齐国被燕军攻陷的七十余城全部收复。